GÉRARD DE NERVAL

Sylvie

suivi des Chimères *et d'*Odelettes

Librio

Texte intégral

Sylvie

SOUVENIRS DU VALOIS

I

NUIT PERDUE

Je sortais d'un théâtre où tous les soirs je paraissais aux avant-scènes en grande tenue de soupirant. Quelquefois tout était plein, quelquefois tout était vide. Peu m'importait d'arrêter mes regards sur un parterre peuplé seulement d'une trentaine d'amateurs forcés, sur des loges garnies de bonnets ou de toilettes surannées, – ou bien de faire partie d'une salle animée et frémissante couronnée à tous ses étages de toilettes fleuries, de bijoux étincelants et de visages radieux. Indifférent au spectacle de la salle, celui du théâtre ne m'arrêtait guère, – excepté lorsqu'à la seconde ou à la troisième scène d'un maussade chef-d'œuvre d'alors, une apparition bien connue illuminait l'espace vide, rendant la vie d'un souffle et d'un mot à ces vaines figures qui m'entouraient.

Je me sentais vivre en elle, et elle vivait pour moi seul. Son sourire me remplissait d'une béatitude infinie ; la vibration de sa voix si douce et cependant fortement timbrée me faisait tressaillir de joie et d'amour. Elle avait pour moi toutes les perfections, elle répondait à tous mes enthousiasmes, à tous mes caprices, – belle comme le jour aux feux de la rampe qui l'éclairait d'en bas, pâle comme la nuit, quand la rampe baissée la laissait éclairée d'en haut sous les rayons du lustre et la montrait plus naturelle, brillant dans l'ombre de sa seule beauté, comme les Heures divines qui se découpent, avec une étoile au front, sur les fonds bruns des fresques d'Herculanum !

Depuis un an, je n'avais pas encore songé à m'informer de ce qu'elle pouvait être d'ailleurs ; je craignais de troubler le miroir magique qui me renvoyait son image, – et tout au plus avais-je prêté l'oreille à quelques propos concernant non plus l'actrice, mais la femme. Je m'en informais aussi peu que des bruits qui ont pu courir sur la princesse d'Élide ou sur la reine de Trébizonde, – un de mes oncles, qui avait vécu dans les avant-dernières années du XVIIIe siècle, comme il fallait y vivre pour le bien connaître, m'ayant prévenu de bonne heure que les actrices n'étaient pas des femmes, et que la nature avait oublié de leur faire un cœur. Il parlait de celles de ce temps-là sans doute ; mais il m'avait raconté tant d'histoires de ses illusions, de ses déceptions, et montré tant de portraits sur ivoire, médaillons charmants qu'il utilisait depuis à parer des tabatières, tant de billets jaunis, tant de faveurs fanées, en m'en faisant l'histoire et le compte définitif, que je m'étais habitué à penser mal de toutes sans tenir compte de l'ordre des temps.

Nous vivions alors dans une époque étrange, comme celles qui d'ordinaire succèdent aux révolutions ou aux abaissements des grands règnes. Ce n'était plus la galanterie héroïque comme sous la Fronde, le vice élégant et paré comme sous la Régence, le scepticisme et les folles orgies du Directoire ; c'était un mélange d'activité, d'hésitation et de paresse, d'utopies brillantes, d'aspirations philosophiques ou religieuses, d'enthousiasmes vagues, mêlés de certains instincts de renaissance ; d'ennuis des discordes passées, d'espoirs incertains, – quelque chose comme l'époque de Pérégrinus et d'Apulée. L'homme matériel aspirait au bouquet de roses qui devait le régénérer par les mains de la belle Isis ; la déesse éternellement jeune et pure nous apparaissait dans les nuits, et nous faisait honte de nos heures de jour perdues. L'ambition n'était cependant pas de notre âge, et l'avide curée qui se faisait alors des positions et des honneurs nous éloignait des sphères d'activité possibles. Il ne nous restait pour asile que cette tour d'ivoire des poètes, où nous montions toujours plus haut pour nous isoler de la foule. À ces points élevés où nous guidaient nos maîtres, nous respirions enfin l'air pur des solitudes, nous buvions l'oubli dans la coupe d'or des légendes, nous étions ivres de poésie et d'amour. Amour, hélas ! des formes vagues, des teintes roses et bleues, des fantômes métaphysiques ! Vue de près, la femme réelle révoltait notre ingénuité ; il fallait qu'elle apparût reine ou déesse, et surtout n'en pas approcher.

Quelques-uns d'entre nous néanmoins prisaient peu ces paradoxes platoniques, et à travers nos rêves renouvelés d'Alexandre agitaient parfois la torche des dieux souterrains, qui éclaire l'ombre un instant de ses traînées d'étincelles. – C'est ainsi que, sortant du théâtre avec l'amère tristesse que laisse un songe évanoui, j'allais volontiers me joindre à la société d'un cercle où l'on soupait en grand nombre, et où toute mélancolie cédait devant la verve intarissable de quelques esprits éclatants, vifs, orageux, sublimes parfois, – tels qu'il s'en est trouvé toujours dans les époques de rénovation ou de décadence, et dont les discussions se haussaient à ce point que les plus timides d'entre nous allaient voir parfois aux fenêtres si les Huns, les Turcomans ou les Cosaques n'arrivaient pas enfin pour couper court à ces arguments de rhéteurs et de sophistes.

« Buvons, aimons, c'est la sagesse ! » Telle était la seule opinion des plus jeunes. Un de ceux-là me dit : « Voici bien longtemps que je te rencontre dans le même théâtre, et chaque fois que j'y vais. Pour *laquelle* y viens-tu ? »

Pour laquelle ?... Il ne me semblait pas que l'on pût aller là pour une *autre*. Cependant j'avouai un nom. — « Eh bien ! dit mon ami avec indulgence, tu vois là-bas l'homme heureux qui vient de la reconduire, et qui, fidèle aux lois de notre cercle, n'ira la retrouver peut-être qu'après la nuit. »

Sans trop d'émotion, je tournai les yeux vers le personnage indiqué. C'était un jeune homme correctement vêtu, d'une figure pâle et nerveuse, ayant des manières convenables et des yeux empreints de mélancolie et de douceur. Il jetait de l'or sur une table de whist et le perdait avec indifférence. « Que m'importe, dis-je, lui ou tout autre ? Il fallait qu'il y en eût un, et celui-là me paraît digne d'avoir été choisi. — Et toi ? — Moi ? C'est une image que je poursuis, rien de plus. »

En sortant, je passai par la salle de lecture, et machinalement je regardai un journal. C'était, je crois, pour y voir le cours de la Bourse. Dans les débris de mon opulence se trouvait une somme assez forte en titres étrangers. Le bruit avait couru que, négligés longtemps, ils allaient être reconnus ; – ce qui venait d'avoir lieu à la suite d'un changement de ministère. Les fonds se trouvaient déjà cotés très haut ; je redevenais riche.

Une seule pensée résulta de ce changement de situation, celle que la femme aimée si longtemps était à moi si je voulais. – Je touchais du doigt mon idéal. N'était-ce pas une illusion encore, une faute d'impression railleuse ? Mais les autres feuilles parlaient de même. – La somme gagnée se dressa devant moi comme la statue d'or de Moloch. « Que dirait maintenant, pensais-je, le jeune homme de tout à l'heure si j'allais prendre sa place près de la femme qu'il a laissée seule ?... » Je frémis de cette pensée, et mon orgueil se révolta.

Non ! ce n'est pas ainsi, ce n'est pas à mon âge que l'on tue l'amour avec de l'or : je ne serais pas un corrupteur. D'ailleurs ceci est une idée d'un autre temps. Qui me dit aussi que cette femme soit vénale ? – Mon regard parcourait vaguement le journal que je tenais encore, et j'y lus ces deux lignes : « *Fête du Bouquet provincial.* – Demain, les archers de Senlis doivent rendre le bouquet à ceux de Loisy. » Ces mots, fort simples, réveillèrent en moi toute une nouvelle série d'impressions : c'était un souvenir de la province depuis longtemps oubliée, un écho lointain des fêtes naïves de la jeunesse. – Le cor et le tambour résonnaient au loin dans les hameaux et dans les bois ; les jeunes filles tressaient des guirlandes et assortissaient, en chantant, des bouquets ornés de rubans. – Un lourd chariot, traîné par des bœufs, recevait ces présents sur son passage, et nous, enfants de ces contrées, nous formions le cortège avec nos arcs et nos flèches, nous décorant du titre de chevaliers, – sans savoir alors que nous ne faisions que répéter d'âge en âge une fête druidique survivant aux monarchies et aux religions nouvelles.

II

Adrienne

Je regagnai mon lit et je ne pus y trouver le repos. Plongé dans une demi-somnolence, toute ma jeunesse repassait en mes souvenirs. Cet état, où l'esprit résiste encore aux bizarres combinaisons du songe, permet souvent de voir se presser en quelques minutes les tableaux les plus saillants d'une longue période de la vie.

Je me représentais un château du temps de Henri IV avec ses toits pointus couverts d'ardoises et sa face rougeâtre aux encoignures dentelées de pierres jaunies, une grande place verte encadrée d'ormes et de tilleuls, dont le soleil couchant perçait le feuillage de ses traits enflammés. Des jeunes filles dansaient en rond sur la pelouse en chantant de vieux airs transmis par leurs mères, et d'un français si naturellement pur que l'on se sentait bien exister dans ce vieux pays du Valois, où, pendant plus de mille ans, a battu le cœur de la France.

J'étais le seul garçon dans cette ronde, où j'avais amené ma compagne toute jeune encore, Sylvie, une petite fille du hameau voisin, si vive et si fraîche, avec ses yeux noirs, son profil régulier et sa peau légèrement hâlée !... Je n'aimais qu'elle, je ne voyais qu'elle, – jusque-là ! À peine avais-je remarqué, dans la ronde où nous dansions, une blonde, grande et belle, qu'on appelait Adrienne. Tout d'un coup, suivant les règles de la danse, Adrienne se trouva placée seule avec moi au milieu du cercle. Nos tailles étaient pareilles.

On nous dit de nous embrasser, et la danse et le chœur tournaient plus vivement que jamais. En lui donnant ce baiser, je ne pus m'empêcher de lui presser la main. Les longs anneaux roulés de ses cheveux d'or effleuraient mes joues. De ce moment, un trouble inconnu s'empara de moi. – La belle devait chanter pour avoir le droit de rentrer dans la danse. On s'assit autour d'elle, et aussitôt, d'une voix fraîche et pénétrante, légèrement voilée, comme celle des filles de ce pays brumeux, elle chanta une de ces anciennes romances pleines de mélancolie et d'amour, qui racontent toujours les malheurs d'une princesse enfermée dans sa tour par la volonté d'un père qui la punit d'avoir aimé. La mélodie se terminait à chaque stance par ces trilles chevrotants que font valoir si bien les voix jeunes, quand elles imitent par un frisson modulé la voix tremblante des aïeules.

À mesure qu'elle chantait, l'ombre descendait des grands arbres, et le clair de lune naissant tombait sur elle seule, isolée de notre cercle attentif. – Elle se tut, et personne n'osa rompre le silence. La pelouse était couverte de faibles vapeurs condensées, qui déroulaient leurs blancs flocons sur les pointes des herbes. Nous pensions être en paradis. – Je me levai enfin, courant au parterre du château, où se trouvaient des lauriers, plantés dans de grands vases de faïence peints en camaïeu. Je rapportai deux branches, qui furent tressées en couronne et nouées d'un ruban. Je posai sur la tête d'Adrienne cet ornement, dont les feuilles lustrées éclataient sur ses cheveux blonds aux rayons pâles de la lune. Elle ressemblait à la Béatrice de Dante qui sourit au poète errant sur la lisière des saintes demeures.

Adrienne se leva. Développant sa taille élancée, elle nous fit un salut gracieux, et rentra en courant dans le château. — C'était, nous dit-on, la petite-fille de l'un des descendants d'une famille alliée aux anciens rois de France ; le sang des Valois coulait dans ses veines. Pour ce jour de fête, on lui avait permis de se mêler à nos jeux ; nous ne devions plus la revoir, car le lendemain elle repartit pour un couvent où elle était pensionnaire.

Quand je revins près de Sylvie, je m'aperçus qu'elle pleurait. La couronne donnée par mes mains à la belle chanteuse était le sujet de ses larmes. Je lui offris d'en aller cueillir une autre, mais elle dit qu'elle n'y tenait nullement, ne la méritant pas. Je voulus en vain me défendre, elle ne me dit plus un seul mot pendant que je la reconduisais chez ses parents.

Rappelé moi-même à Paris pour y reprendre mes études, j'emportai cette double image d'une amitié tendre tristement rompue, – puis d'un amour impossible et vague, source de pensées douloureuses que la philosophie de collège était impuissante à calmer.

La figure d'Adrienne resta seule triomphante, – mirage de la gloire et de la beauté, adoucissant ou partageant les heures des sévères études. Aux vacances de l'année suivante, j'appris que cette belle à peine entrevue était consacrée par sa famille à la vie religieuse.

III

Résolution

Tout m'était expliqué par ce souvenir à demi rêvé. Cet amour vague et sans espoir, conçu pour une femme de théâtre, qui tous les soirs me prenait à l'heure du spectacle, pour ne me quitter qu'à l'heure du sommeil, avait son germe dans le souvenir d'Adrienne, fleur de la nuit éclose à la pâle clarté de la lune, fantôme rose et blond glissant sur l'herbe verte à demi baignée de blanches vapeurs. – La ressemblance d'une figure oubliée depuis des années se dessinait désormais avec une netteté singulière ; c'était un crayon estompé par le temps qui se faisait peinture, comme ces vieux croquis de maîtres admirés dans un musée, dont on retrouve ailleurs l'original éblouissant.

Aimer une religieuse sous la forme d'une actrice !... et si c'était la même ! – Il y a de quoi devenir fou ! c'est un entraînement fatal où l'inconnu vous attire comme le feu follet fuyant sur les joncs d'une eau morte... Reprenons pied sur le réel.

Et Sylvie que j'aimais tant, pourquoi l'ai-je oubliée depuis trois ans ?... C'était une bien jolie fille, et la plus belle de Loisy !

Elle existe, elle, bonne et pure de cœur sans doute. Je revois sa fenêtre où le pampre s'enlace au rosier, la cage de fauvettes suspendue à gauche ; j'entends le bruit de ses fuseaux sonores et sa chanson favorite :

La belle était assise
Près du ruisseau coulant...

Elle m'attend encore... Qui l'aurait épousée ? elle est si pauvre.

Dans son village et dans ceux qui l'entourent, de bons paysans en blouse, aux mains rudes, à la face amaigrie, au teint hâlé ! Elle m'aimait seul, moi le petit Parisien, quand j'allais voir près de Loisy mon pauvre oncle, mort aujourd'hui. Depuis trois ans, je dissipe en seigneur le bien modeste qu'il m'a laissé et qui pouvait suffire à ma vie. Avec Sylvie, je l'aurais conservé. Le hasard m'en rend une partie. Il est temps encore.

À cette heure, que fait-elle ? Elle dort... Non, elle ne dort pas ; c'est aujourd'hui la fête de l'arc, la seule de l'année où l'on danse toute la nuit. – Elle est à la fête...

Quelle heure est-il ?

Je n'avais pas de montre.

Au milieu de toutes les splendeurs de bric-à-brac qu'il était d'usage de réunir à cette époque pour restaurer dans sa couleur locale un appartement d'autrefois, brillait d'un éclat rafraîchi une de ces pendules d'écaille de la Renaissance, dont le dôme doré surmonté de la figure du Temps est supporté par des cariatides du style Médicis, reposant à leur tour sur des chevaux à demi cabrés. La Diane historique, accoudée sur son cerf, est en bas relief sous le cadran, où s'étalent sur un fond niellé les chiffres émaillés des heures. Le mouvement, excellent sans doute, n'avait pas été remonté depuis deux siècles. – Ce n'était pas pour savoir l'heure que j'avais acheté cette pendule en Touraine.

Je descendis chez le concierge. Son coucou marquait une heure du matin. — En quatre heures, me dis-je, je puis arriver au bal de Loisy. Il y avait encore sur la place du Palais-Royal cinq ou six fiacres stationnant pour les habitués des cercles et des maisons de jeu : « À Loisy ! dis-je au plus apparent. — Où cela est-il ? — Près de Senlis, à huit lieues. — Je vais vous conduire à la poste, dit le cocher, moins préoccupé que moi. »

Quelle triste route, la nuit, que cette route de Flandre, qui ne devient belle qu'en atteignant la zone des forêts ! Toujours ces deux files d'arbres monotones qui grimacent des formes vagues ; au-delà, des carrés de verdure et de terres remuées, bornés à gauche par les collines bleuâtres de Montmorency, d'Écouen, de Luzarches. Voici Gonesse, le bourg vulgaire plein des souvenirs de la Ligue et de la Fronde...

Plus loin que Louvres est un chemin bordé de pommiers dont j'ai vu bien des fois les fleurs éclater dans la nuit comme des étoiles de la terre : c'était le plus court pour gagner les hameaux. – Pendant que la voiture monte les côtes, recomposons les souvenirs du temps où j'y venais si souvent.

IV

Un voyage à Cythère

Quelques années s'étaient écoulées : l'époque où j'avais rencontré Adrienne devant le château n'était plus déjà qu'un souvenir d'enfance. Je me retrouvai à Loisy au moment de la fête patronale. J'allai de nouveau me joindre aux chevaliers de l'arc, prenant place dans la compagnie dont j'avais fait partie déjà. Des jeunes gens appartenant aux vieilles familles qui possèdent encore là plusieurs de ces châteaux perdus dans les forêts, qui ont plus souffert du temps que des révolutions, avaient organisé la fête. De Chantilly, de Compiègne et de Senlis accouraient de joyeuses cavalcades qui prenaient place dans le cortège rustique des compagnies de l'arc. Après la longue promenade à travers les villages et les bourgs, après la messe à l'église, les luttes d'adresse et la distribution des prix, les vainqueurs avaient été conviés à un repas qui se donnait dans une île ombragée de peupliers et de tilleuls, au milieu de l'un des étangs alimentés par la Nonette et la Thève. Des barques pavoisées nous conduisirent à l'île, – dont le choix avait été déterminé par l'existence d'un temple ovale à colonnes qui devait servir de salle pour le festin. Là, comme à Ermenonville, le pays est semé de ces édifices légers de la fin du XVIIIe siècle, où des millionnaires philosophes se sont inspirés dans leurs plans du goût dominant d'alors. Je crois bien que ce temple avait dû être primitivement dédié à Uranie. Trois colonnes avaient succombé emportant dans leur chute une partie de l'architrave ; mais on avait déblayé l'intérieur de la salle, suspendu des guirlandes entre les colonnes, on avait rajeuni cette ruine moderne, – qui appartenait au paganisme de Boufflers ou de Chaulieu plutôt qu'à celui d'Horace.

La traversée du lac avait été imaginée peut-être pour rappeler le *Voyage à Cythère* de Watteau. Nos costumes modernes dérangeaient seuls l'illusion. L'immense bouquet de la fête, enlevé du char qui le portait, avait été placé sur une grande barque ; le cortège des jeunes filles vêtues de blanc qui l'accompagnent selon l'usage avait pris place sur les bancs, et cette gracieuse *théorie* renouvelée des jours antiques se reflétait dans les eaux calmes de l'étang qui la séparait du bord de l'île si vermeil aux rayons du soir avec ses halliers d'épine, sa colonnade et ses clairs feuillages. Toutes les barques abordèrent en peu de temps. La corbeille portée en cérémonie occupa le centre de la table, et chacun prit place, les plus favorisés auprès des jeunes filles : il suffisait pour cela d'être connu de leurs parents. Ce fut la cause qui fit que je me retrouvai près de Sylvie. Son frère m'avait déjà rejoint dans la fête, il me fit la guerre de n'avoir pas depuis longtemps rendu visite à sa famille. Je m'excusai sur mes études, qui me retenaient à Paris, et l'assurai que j'étais venu dans cette intention. « Non, c'est moi qu'il a oubliée, dit Sylvie. Nous sommes des gens de village, et Paris est si au-dessus ! » Je voulus l'embrasser pour lui fermer la bouche ; mais elle me boudait encore, et il fallut que son frère intervînt pour qu'elle m'offrît sa joue d'un air indifférent. Je n'eus aucune joie de ce baiser dont bien d'autres obtenaient la faveur, car dans ce pays patriarcal où l'on salue tout homme qui passe un baiser n'est autre chose qu'une politesse entre bonnes gens.

Une surprise avait été arrangée par les ordonnateurs de la fête. À la fin du repas, on vit s'envoler du fond de la vaste corbeille un cygne sauvage, jusque-là captif sous les fleurs, qui, de ses fortes ailes, soulevant des lacis de guirlandes et de couronnes, finit par les disperser de tous côtés. Pendant qu'il s'élançait joyeux vers les dernières lueurs du soleil, nous rattrapions au hasard les couronnes dont chacun parait aussitôt le front de sa voisine. J'eus le bonheur de saisir une des plus belles, et Sylvie souriante se laissa embrasser cette fois plus tendrement que l'autre. Je compris que j'effaçais ainsi le souvenir d'un autre temps. Je l'admirai cette fois sans partage, elle était devenue si belle ! Ce n'était plus cette petite fille de village que j'avais dédaignée pour une plus grande et plus faite aux grâces du monde. Tout en elle avait gagné : le charme de ses yeux noirs, si séduisants dès son enfance, était devenu irrésistible ; sous l'orbite arquée de ses sourcils, son sourire, éclairant tout à coup des traits réguliers et placides, avait quelque chose d'athénien. J'admirais cette physionomie digne de l'art antique au milieu des minois chiffonnés de ses compagnes. Ses mains délicatement allongées, ses bras qui avaient blanchi en s'arrondissant, sa taille dégagée, la faisaient tout autre que je ne l'avais vue. Je ne pus m'empêcher de lui dire combien je la trouvais différente d'elle-même, espérant couvrir ainsi mon ancienne et rapide infidélité.

Tout me favorisait d'ailleurs, l'amitié de son frère, l'impression charmante de cette fête, l'heure du soir et le lieu même où, par une fantaisie pleine de goût, on avait reproduit une image des galantes solennités d'autrefois. Tant que nous pouvions, nous échappions à la danse pour causer de nos souvenirs d'enfance et pour admirer en rêvant à deux les reflets du ciel sur les ombrages et sur les eaux. Il fallut que le frère de Sylvie nous arrachât à cette contemplation en disant qu'il était temps de retourner au village assez éloigné qu'habitaient ses parents.

V

Le village

C'était à Loisy, dans l'ancienne maison du garde. Je les conduisis jusque-là, puis je retournai à Montagny, où je demeurais chez mon oncle. En quittant le chemin pour traverser un petit bois qui sépare Loisy de Saint-S..., je ne tardai pas à m'engager dans une *sente* profonde qui longe la forêt d'Ermenonville ; je m'attendais ensuite à rencontrer les murs d'un couvent qu'il fallait suivre pendant un quart de lieue. La lune se cachait de temps à autre sous les nuages, éclairant à peine les roches de grès sombre et les bruyères qui se multipliaient sous mes pas. À droite et à gauche, des lisières de forêts sans routes tracées, et toujours devant moi ces roches druidiques de la contrée qui gardent le souvenir des fils d'Armen exterminés par les Romains ! Du haut de ces entassements sublimes, je voyais les étangs lointains se découper comme des miroirs sur la plaine brumeuse, sans pouvoir distinguer celui même où s'était passée la fête.

L'air était tiède et embaumé ; je résolus de ne pas aller plus loin et d'attendre le matin, en me couchant sur des touffes de bruyères. – En me réveillant, je reconnus peu à peu les points voisins du lieu où je m'étais égaré dans la nuit. À ma gauche, je vis se dessiner la longue ligne des murs du couvent de Saint-S..., puis de l'autre côté de la vallée, la butte aux Gens-d'Armes, avec les ruines ébréchées de l'antique résidence carlovingienne. Près de là, au-dessus des touffes de bois, les hautes masures de l'abbaye de Thiers découpaient sur l'horizon leurs pans de muraille percés de trèfles et d'ogives. Au-delà, le manoir gothique de Pontarmé, entouré d'eau comme autrefois, refléta bientôt les premiers feux du jour, tandis qu'on voyait se dresser au midi le haut donjon de la Tournelle et les quatre tours de Bertrand-Fosse sur les premiers coteaux de Montméliant.

Cette nuit m'avait été douce, et je ne songeais qu'à Sylvie ; cependant l'aspect du couvent me donna un instant l'idée que c'était celui peut-être qu'habitait Adrienne. Le tintement de la cloche du matin était encore dans mon oreille et m'avait sans doute réveillé. J'eus un instant l'idée de jeter un coup d'œil par-dessus les murs en gravissant la plus haute pointe des rochers ; mais, en y réfléchissant, je m'en gardai comme d'une profanation. Le jour en grandissant chassa de ma pensée ce vain souvenir et n'y laissa plus que les traits rosés de Sylvie. « Allons la réveiller », me dis-je, et je repris le chemin de Loisy.

Voici le village au bout de la sente qui côtoie la forêt : vingt chaumières dont la vigne et les roses grimpantes festonnent les murs. Des fileuses matinales, coiffées de mouchoirs rouges, travaillent réunies devant une ferme. Sylvie n'est point avec elles. C'est presque une demoiselle depuis qu'elle exécute de fines dentelles, tandis que ses parents sont restés de bons villageois. – Je suis monté à sa chambre sans étonner personne ; déjà levée depuis longtemps, elle agitait les fuseaux de sa dentelle, qui claquaient avec un doux bruit sur le carreau vert que soutenaient ses genoux. « Vous voilà, paresseux, dit-elle avec son sourire divin, je suis sûre que vous sortez seulement de votre lit ! » Je lui racontai ma nuit passée sans sommeil, mes courses égarées à travers les bois et les roches. Elle voulut bien me plaindre un instant. « Si vous n'êtes pas fatigué, je vais vous faire courir encore. Nous irons voir ma grand'tante à Othys. » J'avais à peine répondu qu'elle se leva joyeusement, arrangea ses cheveux devant un miroir et se coiffa d'un chapeau de paille rustique. L'innocence et la joie éclataient dans ses yeux. Nous partîmes en suivant les bords de la Thève, à travers les prés semés de marguerites et de boutons-d'or, puis le long des bois de Saint-Laurent, franchissant parfois les ruisseaux et les halliers pour abréger la route. Les merles sifflaient dans les arbres, et les mésanges s'échappaient joyeusement des buissons frôlés par notre marche.

Parfois nous rencontrions sous nos pas les pervenches si chères à Rousseau, ouvrant leurs corolles bleues parmi ces longs rameaux de feuilles accouplées, lianes modestes qui arrêtaient les pieds furtifs de ma compagne. Indifférente aux souvenirs du philosophe genevois, elle cherchait çà et là les fraises parfumées, et moi, je lui parlais de *La Nouvelle Héloïse* dont je récitais par cœur quelques passages. « Est-ce que c'est joli ? dit-elle. — C'est sublime. — Est-ce mieux qu'Auguste Lafontaine ? — C'est plus tendre. — Oh ! bien, dit-elle, il faut que je lise cela. Je dirai à mon frère de me l'apporter la première fois qu'il ira à Senlis. » Et je continuais à réciter des fragments de *L'Héloïse* pendant que Sylvie cueillait des fraises.

VI

Othys

Au sortir du bois, nous rencontrâmes de grandes touffes de digitale pourprée ; elle en fit un énorme bouquet en me disant : « C'est pour ma tante ; elle sera si heureuse d'avoir ces belles fleurs dans sa chambre. » Nous n'avions plus qu'un bout de plaine à traverser pour gagner Othys. Le clocher du village pointait sur les coteaux bleuâtres qui vont de Montméliant à Dammartin. La Thève bruissait de nouveau parmi les grès et les cailloux, s'amincissant au voisinage de sa source, où elle se repose dans les prés, formant un petit lac au milieu des glaïeuls et des iris. Bientôt nous gagnâmes les premières maisons. La tante de Sylvie habitait une petite chaumière bâtie en pierres de grès inégales que revêtaient des treillages de houblon et de vigne vierge ; elle vivait seule de quelques carrés de terre que les gens du village cultivaient pour elle depuis la mort de son mari. Sa nièce arrivant, c'était le feu dans la maison. « Bonjour, la tante ! Voici vos enfants ! dit Sylvie ; nous avons bien faim ! » Elle l'embrassa tendrement, lui mit dans les bras la botte de fleurs, puis songea enfin à me présenter, en disant : « C'est mon amoureux ! »

J'embrassai à mon tour la tante qui dit : « Il est gentil... C'est donc un blond !... — Il a de jolis cheveux fins, dit Sylvie. — Cela ne dure pas, dit la tante ; mais vous avez du temps devant vous, et toi qui es brune, cela t'assortit bien. — Il faut le faire déjeuner, la tante », dit Sylvie. Et elle alla cherchant dans les armoires, dans la huche, trouvant du lait, du pain bis, du sucre, étalant sans trop de soin sur la table les assiettes et les plats de faïence émaillés de larges fleurs et de coqs au vif plumage. Une jatte en porcelaine de Creil, pleine de lait où nageaient les fraises, devint le centre du service, et après avoir dépouillé le jardin de quelques poignées de cerises et de groseilles, elle disposa deux vases de fleurs aux deux bouts de la nappe. Mais la tante avait dit ces belles paroles : « Tout cela, ce n'est que du dessert. Il faut me laisser faire à présent. » Et elle avait décroché la poêle et jeté un fagot dans la haute cheminée. « Je ne veux pas que tu touches à cela ! dit-elle à Sylvie, qui voulait l'aider ; abîmer tes jolis doigts qui font de la dentelle plus belle qu'à Chantilly ! tu m'en as donné, et je m'y connais. — Ah ! oui, la tante !... Dites donc, si vous en avez des morceaux de l'ancienne, cela me fera des modèles. — Eh bien ! va voir là-haut, dit la tante, il y en a peut-être dans ma commode. — Donnez-moi les clefs, reprit Sylvie. — Bah ! dit la tante, les tiroirs sont ouverts. — Ce n'est pas vrai, il y en a un qui est toujours fermé. » Et pendant que la bonne femme nettoyait la poêle après l'avoir passée au feu, Sylvie dénouait des pendants de sa ceinture une petite clef d'un acier ouvragé qu'elle me fit voir avec triomphe.

Je la suivis, montant rapidement l'escalier de bois qui conduisait à la chambre. – Ô jeunesse, ô vieillesse saintes ! – qui donc eût songé à ternir la pureté d'un premier amour dans ce sanctuaire des souvenirs fidèles ? Le portrait d'un jeune homme du bon vieux temps souriait avec ses yeux noirs et sa bouche rose, dans un ovale au cadre doré, suspendu à la tête du lit rustique. Il portait l'uniforme des gardes-chasse de la maison de Condé ; son attitude à demi martiale, sa figure rose et bienveillante, son front pur sous ses cheveux poudrés, relevaient ce pastel, médiocre peut-être, des grâces de la jeunesse et de la simplicité. Quelque artiste modeste invité aux chasses princières s'était appliqué à le pourtraire de son mieux, ainsi que sa jeune épouse, qu'on voyait dans un autre médaillon, attrayante, maligne, élancée dans son corsage ouvert à échelle de rubans, agaçant de sa mine retroussée un oiseau posé sur son doigt. C'était pourtant la même bonne vieille qui cuisinait en ce moment, courbée sur le feu de l'âtre. Cela me fit penser aux fées des Funambules qui cachent, sous leur masque ridé, un visage attrayant, qu'elles révèlent au dénouement, lorsque apparaît le temple de l'Amour et son soleil tournant qui rayonne de feux magiques. « Ô bonne tante, m'écriai-je, que vous étiez jolie ! — Et moi donc ? » dit Sylvie, qui était parvenue à ouvrir le fameux tiroir. Elle y avait trouvé une grande robe en taffetas flambé, qui criait du froissement de ses plis. « Je veux essayer si cela m'ira, dit-elle. Ah ! je vais avoir l'air d'une vieille fée ! »

« La fée des légendes éternellement jeune !... » dis-je en moi-même. – Et déjà Sylvie avait dégrafé sa robe d'indienne et la laissait tomber à ses pieds. La robe étoffée de la vieille tante s'ajusta parfaitement sur la taille mince de Sylvie, qui me dit de l'agrafer. « Oh ! les manches plates, que c'est ridicule ! » dit-elle. Et cependant les sabots garnis de dentelles découvraient admirablement ses bras nus, la gorge s'encadrait dans le pur corsage aux tulles jaunis, aux rubans passés, qui n'avait serré que bien peu les charmes évanouis de la tante. « Mais finissez-en ! Vous ne savez donc pas agrafer une robe ? » me disait Sylvie. Elle avait l'air de l'accordée de village de Greuze. « Il faudrait de la poudre, dis-je. — Nous allons en trouver. » Elle fureta de nouveau dans les tiroirs. Oh ! que de richesses ! que cela sentait bon, comme cela brillait, comme cela chatoyait de vives couleurs et de modeste clinquant ! deux éventails de nacre un peu cassés, des boîtes de pâte à sujets chinois, un collier d'ambre et mille fanfreluches, parmi lesquelles éclataient deux petits souliers de droguet blanc avec des boucles incrustées de diamants d'Irlande ! « Oh ! je veux les mettre, dit Sylvie, si je trouve les bas brodés ! »

Un instant après, nous déroulions des bas de soie rose tendre à coins verts ; mais la voix de la tante, accompagnée du frémissement de la poêle, nous rappela soudain à la réalité. « Descendez vite ! » dit Sylvie, et quoi que je pusse dire, elle ne me permit pas de l'aider à se chausser. Cependant la tante venait de verser dans un plat le contenu de la poêle, une tranche de lard frite avec des œufs. La voix de Sylvie me rappela bientôt. « Habillez-vous vite ! » dit-elle, et entièrement vêtue elle-même, elle me montra les habits de noces du garde-chasse réunis sur la commode. En un instant, je me transformai en marié de l'autre siècle. Sylvie m'attendait sur l'escalier, et nous descendîmes tous deux en nous tenant par la main. La tante poussa un cri en se retournant : « Ô mes enfants ! » dit-elle, et elle se mit à pleurer, puis sourit à travers ses larmes. – C'était l'image de sa jeunesse, – cruelle et charmante apparition ! Nous nous assîmes auprès d'elle, attendris et presque graves, puis la gaieté nous revint bientôt, car, le premier moment passé, la bonne vieille ne songea plus qu'à se rappeler les fêtes pompeuses de sa noce. Elle retrouva même dans sa mémoire les chants alternés, d'usage alors, qui se répondaient d'un bout à l'autre de la table nuptiale, et le naïf épithalame qui accompagnait les mariés rentrant après la danse. Nous répétions ces strophes si simplement rythmées, avec les hiatus et les assonances du temps ; amoureuses et fleuries comme le cantique de l'Ecclésiaste ; – nous étions l'époux et l'épouse pour tout un beau matin d'été.

VII

Châalis

Il est quatre heures du matin ; la route plonge dans un pli de terrain ; elle remonte. La voiture va passer à Orry, puis à La Chapelle. À gauche, il y a une route qui longe le bois d'Hallate. C'est par là qu'un soir le frère de Sylvie m'a conduit dans sa carriole à une solennité du pays. C'était, je crois, le soir de la Saint-Barthélemy. À travers les bois, par des routes peu frayées, son petit cheval volait comme au sabbat. Nous rattrapâmes le pavé à Mont-l'Évêque, et quelques minutes plus tard nous nous arrêtions à la maison du garde, à l'ancienne abbaye de Châalis. – Châalis, encore un souvenir !

Cette vieille retraite des empereurs n'offre plus à l'admiration que les ruines de son cloître aux arcades byzantines, dont la dernière rangée se découpe encore sur les étangs, – reste oublié des fondations pieuses comprises parmi ces domaines qu'on appelait autrefois les métairies de Charlemagne. La religion, dans ce pays isolé du mouvement des routes et des villes, a conservé des traces particulières du long séjour qu'y ont fait les cardinaux de la maison d'Este à l'époque des Médicis : ses attributs et ses usages ont encore quelque chose de galant et de poétique, et l'on respire un parfum de la Renaissance sous les arcs des chapelles à fines nervures, décorées par les artistes de l'Italie. Les figures des saints et des anges se profilent en rose sur les voûtes peintes d'un bleu tendre, avec des airs d'allégorie païenne qui font songer aux sentimentalités de Pétrarque et au mysticisme fabuleux de Francesco Colonna.

Nous étions des intrus, le frère de Sylvie et moi, dans la fête particulière qui avait lieu cette nuit-là. Une personne de très illustre naissance, qui possédait alors ce domaine, avait eu l'idée d'inviter quelques familles du pays à une sorte de représentation allégorique où devaient figurer quelques pensionnaires d'un couvent voisin. Ce n'était pas une réminiscence des tragédies de Saint-Cyr, cela remontait aux premiers essais lyriques importés en France du temps des Valois. Ce que je vis jouer était comme un mystère des anciens temps. Les costumes, composés de longues robes, n'étaient variés que par les couleurs de l'azur, de l'hyacinthe ou de l'aurore. La scène se passait entre les anges, sur les débris du monde détruit. Chaque voix chantait une des splendeurs de ce globe éteint, et l'ange de la mort définissait les causes de sa destruction. Un esprit montait de l'abîme, tenant en main l'épée flamboyante, et convoquait les autres à venir admirer la gloire du Christ vainqueur des enfers. Cet esprit, c'était Adrienne transfigurée par son costume, comme elle l'était déjà par sa vocation. Le nimbe de carton doré qui ceignait sa tête angélique nous paraissait bien naturellement un cercle de lumière ; sa voix avait gagné en force et en étendue, et les fioritures infinies du chant italien brodaient de leurs gazouillements d'oiseau les phrases sévères d'un récitatif pompeux.

En me retraçant ces détails, j'en suis à me demander s'ils sont réels, ou bien si je les ai rêvés. Le frère de Sylvie était un peu gris ce soir-là. Nous nous étions arrêtés quelques instants dans la maison du garde, – où, ce qui m'a frappé beaucoup, il y avait un cygne éployé sur la porte, puis au-dedans de hautes armoires en noyer sculpté, une grande horloge dans sa gaine, et des trophées d'arcs et de flèches d'honneur au-dessus d'une carte de tir rouge et verte. Un nain bizarre, coiffé d'un bonnet chinois, tenant d'une main une bouteille et de l'autre une bague, semblait inviter les tireurs à viser juste. Ce nain, je le crois bien, était en tôle découpée. Mais l'apparition d'Adrienne est-elle aussi vraie que ces détails et que l'existence incontestable de l'abbaye de Châalis ? Pourtant c'est bien le fils du garde qui nous avait introduits dans la salle où avait lieu la représentation ; nous étions près de la porte, derrière une nombreuse compagnie assise et gravement émue. C'était le jour de la Saint-Barthélemy, – singulièrement lié au souvenir des Médicis, dont les armes accolées à celles de la maison d'Este décoraient ces vieilles murailles... Ce souvenir est une obsession peut-être ! – Heureusement voici la voiture qui s'arrête sur la route du Plessis ; j'échappe au monde des rêveries, et je n'ai plus qu'un quart d'heure de marche pour gagner Loisy par des routes bien peu frayées.

VIII

LE BAL DE LOISY

Je suis entré au bal de Loisy à cette heure mélancolique et douce encore où les lumières pâlissent et tremblent aux approches du jour. Les tilleuls, assombris par en bas, prenaient à leurs cimes une teinte bleuâtre. La flûte champêtre ne luttait plus si vivement avec les trilles du rossignol. Tout le monde était pâle, et dans les groupes dégarnis j'eus peine à rencontrer des figures connues. Enfin j'aperçus la grande Lise, une amie de Sylvie. Elle m'embrassa. « Il y a longtemps qu'on ne t'a vu, Parisien ! dit-elle. — Oh ! oui, longtemps. — Et tu arrives à cette heure-ci ? — Par la poste. — Et pas trop vite ! — Je voulais voir Sylvie ; est-elle encore au bal ? — Elle ne sort qu'au matin ; elle aime tant à danser. »

En un instant, j'étais à ses côtés. Sa figure était fatiguée ; cependant son œil noir brillait toujours du sourire athénien d'autrefois. Un jeune homme se tenait près d'elle. Elle lui fit signe qu'elle renonçait à la contredanse suivante. Il se retira en saluant.

Le jour commençait à se faire. Nous sortîmes du bal, nous tenant par la main. Les fleurs de la chevelure de Sylvie se penchaient dans ses cheveux dénoués ; le bouquet de son corsage s'effeuillait aussi sur les dentelles fripées, savant ouvrage de sa main. Je lui offris de l'accompagner chez elle. Il faisait grand jour, mais le temps était sombre. La Thève bruissait à notre gauche, laissant à ses coudes des remous d'eau stagnante où s'épanouissaient les nénuphars jaunes et blancs, où éclatait comme des pâquerettes la frêle broderie des étoiles d'eau. Les plaines étaient couvertes de javelles et de meules de foin, dont l'odeur me portait à la tête sans m'enivrer, comme faisait autrefois la fraîche senteur des bois et des halliers d'épines fleuries.

Nous n'eûmes pas l'idée de les traverser de nouveau. « Sylvie, lui dis-je, vous ne m'aimez plus ! » Elle soupira. « Mon ami, me dit-elle, il faut se faire une raison ; les choses ne vont pas comme nous voulons dans la vie. Vous m'avez parlé autrefois de *La Nouvelle Héloïse*, je l'ai lue, et j'ai frémi en tombant d'abord sur cette phrase : "Toute jeune fille qui lira ce livre est perdue." Cependant j'ai passé outre, me fiant sur ma raison. Vous souvenez-vous du jour où nous avons revêtu les habits de noces de la tante ?... Les gravures du livre présentaient aussi les amoureux sous de vieux costumes du temps passé, de sorte que pour moi vous étiez Saint-Preux, et je me retrouvais dans Julie. Ah ! que n'êtes-vous revenu alors ! Mais vous étiez, disait-on, en Italie. Vous en avez vu là de bien plus jolies que moi ! — Aucune, Sylvie, qui ait votre regard et les traits purs de votre visage. Vous êtes une nymphe antique que vous ignorez. D'ailleurs, les bois de cette contrée sont aussi beaux que ceux de la campagne romaine. Il y a là-bas des masses de granit non moins sublimes, et une cascade qui tombe du haut des rochers comme celle de Terni. Je n'ai rien vu là-bas que je puisse regretter ici. — Et à Paris ? dit-elle. — À Paris... »

Je secouai la tête sans répondre.

Tout à coup je pensai à l'image vaine qui m'avait égaré si longtemps.

« Sylvie, dis-je, arrêtons-nous ici, le voulez-vous ? »

Je me jetai à ses pieds ; je confessai en pleurant à chaudes larmes mes irrésolutions, mes caprices ; j'évoquai le spectre funeste qui traversait ma vie.

« Sauvez-moi ! ajoutai-je, je reviens à vous pour toujours. »

Elle tourna vers moi ses regards attendris...

En ce moment, notre entretien fut interrompu par de violents éclats de rire. C'était le frère de Sylvie qui nous rejoignait avec cette bonne gaieté rustique, suite obligée d'une nuit de fête, que des rafraîchissements nombreux avaient développée outre mesure. Il appelait le galant du bal, perdu au loin dans les buissons d'épines et qui ne tarda pas à nous rejoindre. Ce garçon n'était guère plus solide sur ses pieds que son compagnon, il paraissait plus embarrassé encore de la présence d'un Parisien que de celle de Sylvie. Sa figure candide, sa déférence mêlée d'embarras m'empêchaient de lui en vouloir d'avoir été le danseur pour lequel on était resté si tard à la fête. Je le jugeais peu dangereux.

« Il faut rentrer à la maison, dit Sylvie à son frère. À tantôt ! » me dit-elle en me tendant la joue.

L'amoureux ne s'offensa pas.

IX

Ermenonville

Je n'avais nulle envie de dormir. J'allai à Montagny pour revoir la maison de mon oncle. Une grande tristesse me gagna dès que j'en entrevis la façade jaune et les contrevents verts. Tout semblait dans le même état qu'autrefois ; seulement il fallut aller chez le fermier pour avoir la clef de la porte. Une fois les volets ouverts, je revis avec attendrissement les vieux meubles conservés dans le même état et qu'on frottait de temps en temps, la haute armoire de noyer, deux tableaux flamands qu'on disait l'ouvrage d'un ancien peintre, notre aïeul ; de grandes estampes d'après Boucher, et toute une série encadrée de gravures de *L'Émile* et de *La Nouvelle Héloïse*, par Moreau ; sur la table, un chien empaillé que j'avais connu vivant, ancien compagnon de mes courses dans les bois, le dernier carlin peut-être, car il appartenait à cette race perdue.

« Quant au perroquet, me dit le fermier, il vit toujours ; je l'ai retiré chez moi. »

Le jardin présentait un magnifique tableau de végétation sauvage. J'y reconnus, dans un angle, un jardin d'enfant que j'avais tracé jadis. J'entrai tout frémissant dans le cabinet, où se voyait encore la petite bibliothèque pleine de livres choisis, vieux amis de celui qui n'était plus, et sur le bureau quelques débris antiques trouvés dans son jardin, des vases, des médailles romaines, collection locale qui le rendait heureux.

« Allons voir le perroquet, dis-je au fermier. » Le perroquet demandait à déjeuner comme en ses plus beaux jours, et me regarda de cet œil rond, bordé d'une peau chargée de rides, qui fait penser au regard expérimenté des vieillards.

Plein des idées tristes qu'amenait ce retour tardif en des lieux si aimés, je sentis le besoin de revoir Sylvie, seule figure vivante et jeune encore qui me rattachât à ce pays. Je repris la route de Loisy. C'était au milieu du jour ; tout le monde dormait, fatigué de la fête. Il me vint l'idée de me distraire par une promenade à Ermenonville, distant d'une lieue par le chemin de la forêt. C'était par un beau temps d'été. Je pris plaisir d'abord à la fraîcheur de cette route qui semble l'allée d'un parc. Les grands chênes d'un vert uniforme n'étaient variés que par les troncs blancs des bouleaux au feuillage frissonnant. Les oiseaux se taisaient, et j'entendais seulement le bruit que fait le pivert en frappant les arbres pour y creuser son nid. Un instant, je risquai de me perdre, car les poteaux dont les palettes annoncent diverses routes n'offrent plus, par endroits, que des caractères effacés. Enfin, laissant le *Désert* à gauche, j'arrivai au rond-point de la danse, où subsiste encore le banc des vieillards. Tous les souvenirs de l'antiquité philosophique, ressuscités par l'ancien possesseur du domaine, me revenaient en foule devant cette réalisation pittoresque de l'*Anacharsis* et de l'*Émile*.

Lorsque je vis briller les eaux du lac à travers les branches des saules et des coudriers, je reconnus tout à fait un lieu où mon oncle, dans ses promenades, m'avait conduit bien des fois : c'est le *Temple de la philosophie*, que son fondateur n'a pas eu le bonheur de terminer. Il a la forme du temple de la sibylle Tiburtine, et, debout encore, sous l'abri d'un bouquet de pins, il étale tous ces grands noms de la pensée qui commencent par Montaigne et Descartes, et qui s'arrêtent à Rousseau. Cet édifice inachevé n'est déjà plus qu'une ruine, le lierre le festonne avec grâce, la ronce envahit les marches disjointes. Là, tout enfant, j'ai vu des fêtes où les jeunes filles vêtues de blanc venaient recevoir des prix d'étude et de sagesse. Où sont les buissons de roses qui entouraient la colline ? L'églantier et le framboisier en cachent les derniers plants, qui retournent à l'état sauvage. – Quant aux lauriers, les a-t-on coupés, comme le dit la chanson des jeunes filles qui ne veulent plus aller au bois ? Non, ces arbustes de la douce Italie ont péri sous notre ciel brumeux. Heureusement le troène de Virgile fleurit encore, comme pour appuyer la parole du maître inscrite au-dessus de la porte : *Rerum cognoscere causas !* – Oui, ce temple tombe comme tant d'autres, les hommes oublieux ou fatigués se détourneront de ses abords, la nature indifférente reprendra le terrain que l'art lui disputait ; mais la soif de connaître restera éternelle, mobile de toute force et de toute activité !

Voici les peupliers de l'île, et la tombe de Rousseau, vide de ses cendres. Ô sage ! tu nous avais donné le lait des forts, et nous étions trop faibles pour qu'il pût nous profiter. Nous avons oublié tes leçons que savaient nos pères, et nous avons perdu le sens de ta parole, dernier écho des sagesses antiques. Pourtant ne désespérons pas, et, comme tu fis à ton suprême instant, tournons nos yeux vers le soleil !

J'ai revu le château, les eaux paisibles qui le bordent, la cascade qui gémit dans les roches, et cette chaussée réunissant les deux parties du village, dont quatre colombiers marquent les angles, la pelouse qui s'étend au-delà comme une savane, dominée par des coteaux ombreux ; la tour de Gabrielle se reflète de loin sur les eaux d'un lac factice étoilé de fleurs éphémères ; l'écume bouillonne, l'insecte bruit... Il faut échapper à l'air perfide qui s'exhale en gagnant les grès poudreux du désert et les landes où la bruyère rose relève le vert des fougères. Que tout cela est solitaire et triste ! Le regard enchanté de Sylvie, ses courses folles, ses cris joyeux, donnaient autrefois tant de charme aux lieux que je viens de parcourir ! C'était encore une enfant sauvage, ses pieds étaient nus, sa peau hâlée, malgré son chapeau de paille, dont le large ruban flottait pêle-mêle avec ses tresses de cheveux noirs. Nous allions boire du lait à la ferme suisse, et l'on me disait : « Qu'elle est jolie, ton amoureuse, petit Parisien ! » Oh ! ce n'est pas alors qu'un paysan aurait dansé avec elle ! Elle ne dansait qu'avec moi, une fois par an, à la fête de l'arc.

X

Le grand frisé

J'ai repris le chemin de Loisy ; tout le monde était réveillé. Sylvie avait une toilette de demoiselle, presque dans le goût de la ville. Elle me fit monter à sa chambre avec toute l'ingénuité d'autrefois. Son œil étincelait toujours dans un sourire plein de charme, mais l'arc prononcé de ses sourcils lui donnait par instants un air sérieux. La chambre était décorée avec simplicité, pourtant les meubles étaient modernes, une glace à bordure dorée avait remplacé l'antique trumeau, où se voyait un berger d'idylle offrant un nid à une bergère bleue et rose. Le lit à colonnes chastement drapé de vieille perse à ramage était remplacé par une couchette de noyer garnie du rideau à flèche ; à la fenêtre, dans la cage où jadis étaient les fauvettes, il y avait des canaris. J'étais pressé de sortir de cette chambre où je ne trouvais rien du passé. « Vous ne travaillerez point à votre dentelle aujourd'hui ?... dis-je à Sylvie. — Oh ! je ne fais plus de dentelle, on n'en demande plus dans le pays ; même à Chantilly, la fabrique est fermée. — Que faites-vous donc ? » Elle alla chercher dans un coin de la chambre un instrument en fer qui ressemblait à une longue pince. « Qu'est-ce que c'est que cela ? — C'est ce qu'on appelle la mécanique ; c'est pour maintenir la peau des gants afin de les coudre. — Ah ! vous êtes gantière, Sylvie ? — Oui, nous travaillons ici pour Dammartin, cela donne beaucoup dans ce moment ; mais je ne fais rien aujourd'hui ; allons où vous voudrez. » Je tournais les yeux vers la route d'Othys : elle secoua la tête ; je compris que la vieille tante n'existait plus. Sylvie appela un petit garçon et lui fit seller un âne. « Je suis encore fatiguée d'hier, dit-elle, mais la promenade me fera du bien ; allons à Châalis. » Et nous voilà traversant la forêt, suivis du petit garçon armé d'une branche. Bientôt Sylvie voulut s'arrêter, et je l'embrassai en l'engageant à s'asseoir. La conversation entre nous ne pouvait plus être bien intime. Il fallut lui raconter ma vie à Paris, mes voyages... « Comment peut-on aller si loin ? dit-elle. — Je m'en étonne en vous revoyant. — Oh ! cela se dit ! — Et convenez que vous étiez moins jolie autrefois. — Je n'en sais rien. — Vous souvenez-vous du temps où nous étions enfants et vous la plus grande ? — Et vous le plus sage ! — Oh ! Sylvie ! — On nous mettait sur l'âne chacun dans un panier. — Et nous ne nous disions pas *vous*... Te rappelles-tu que tu m'apprenais à pêcher des écrevisses sous les ponts de la Thève et de la Nonette ? — Et toi, te souviens-tu de ton frère de lait, qui t'a un jour retiré *de l'ieau*. – Le *grand frisé* ! c'est lui qui m'avait dit qu'on pouvait la passer... *l'ieau* ! »

Je me hâtai de changer la conversation. Ce souvenir m'avait vivement rappelé l'époque où je venais dans le pays, vêtu d'un petit habit à l'anglaise qui faisait rire les paysans. Sylvie seule me trouvait bien mis ; mais je n'osais lui rappeler cette opinion d'un temps si ancien. Je ne sais pourquoi ma pensée se porta sur les habits de noces que nous avions revêtus chez la vieille tante à Othys. Je demandai ce qu'ils étaient devenus. « Ah ! la bonne tante, dit Sylvie, elle m'avait prêté sa robe pour aller danser au carnaval de Dammartin, il y a de cela deux ans. L'année d'après, elle est morte, la pauvre tante ! »

Elle soupirait et pleurait si bien que je ne pus lui demander par quelle circonstance elle était allée à un bal masqué ;

mais, grâce à ses talents d'ouvrière, je comprenais assez que Sylvie n'était plus unc paysanne. Ses parents seuls étaient restés dans leur condition, et elle vivait au milieu d'eux comme une fée industrieuse, répandant l'abondance autour d'elle.

XI

Retour

La vue se découvrait au sortir du bois. Nous étions arrivés au bord des étangs de Châalis. Les galeries du cloître, la chapelle aux ogives élancées, la tour féodale et le petit château qui abrita les amours d'Henri IV et de Gabrielle se teignaient des rougeurs du soir sur le vert sombre de la forêt. « C'est un paysage de Walter Scott, n'est-ce pas ? disait Sylvie. — Et qui vous a parlé de Walter Scott ? lui dis-je. Vous avez donc bien lu depuis trois ans !... Moi, je tâche d'oublier les livres, et ce qui me charme, c'est de revoir avec vous cette vieille abbaye, où, tout petits enfants, nous nous cachions dans les ruines. Vous souvenez-vous, Sylvie, de la peur que vous aviez quand le gardien nous racontait l'histoire des moines rouges ? — Oh ! ne m'en parlez pas. — Alors chantez-moi la chanson de la belle fille enlevée au jardin de son père, sous le rosier blanc. — On ne chante plus cela. — Seriez-vous devenue musicienne ? — Un peu. — Sylvie, Sylvie, je suis sûr que vous chantez des airs d'opéra ! — Pourquoi vous plaindre ? — Parce que j'aimais les vieux airs, et que vous ne saurez plus les chanter. »

Sylvie modula quelques sons d'un grand air d'opéra moderne... Elle *phrasait* !

Nous avions tourné les étangs voisins. Voici la verte pelouse, entourée de tilleuls et d'ormeaux, où nous avons dansé souvent ! J'eus l'amour-propre de définir les vieux murs carlovingiens et de déchiffrer les armoiries de la maison d'Este. « Et vous ! comme vous avez lu plus que moi ! dit Sylvie. Vous êtes donc un savant ? »

J'étais piqué de son ton de reproche. J'avais jusque-là cherché l'endroit convenable pour renouveler le moment d'expansion du matin ; mais que lui dire avec l'accompagnement d'un âne et d'un petit garçon très éveillé, qui prenait plaisir à se rapprocher toujours pour entendre parler un Parisien ? Alors j'eus le malheur de raconter l'apparition de Châalis, restée dans mes souvenirs. Je menai Sylvie dans la salle même du château où j'avais entendu chanter Adrienne. « Oh ! que je vous entende ! lui dis-je ; que votre voix chérie résonne sous ces voûtes et en chasse l'esprit qui me tourmente, fût-il divin ou bien fatal ! » Elle répéta les paroles et le chant après moi :

Anges, descendez promptement
Au fond du purgatoire !...

« C'est bien triste ! me dit-elle.

— C'est sublime... Je crois que c'est du Porpora, avec des vers traduits au XVIe siècle.

— Je ne sais pas » répondit Sylvie.

Nous sommes revenus par la vallée, en suivant le chemin de Charlepont, que les paysans, peu étymologistes de leur nature, s'obstinent à appeler *Châllepont*. Sylvie, fatiguée de l'âne, s'appuyait sur mon bras. La route était déserte ; j'essayai de parler des choses que j'avais dans le cœur, mais, je ne sais pourquoi, je ne trouvais que des expressions vulgaires, ou bien tout à coup quelque phrase pompeuse de roman, – que Sylvie pouvait avoir lue. Je m'arrêtais alors avec un goût tout classique, et elle s'étonnait parfois de ces effusions interrompues. Arrivés aux murs de Saint-S..., il fallait prendre garde à notre marche. On traverse des prairies humides où serpentent les ruisseaux. « Qu'est devenue la religieuse ? dis-je tout à coup.

— Ah ! vous êtes terrible avec votre religieuse... Eh bien !... eh bien ! cela a mal tourné. »

Sylvie ne voulut pas m'en dire un mot de plus.

Les femmes sentent-elles vraiment que telle ou telle parole passe sur les lèvres sans sortir du cœur ? On ne le croirait pas, à les voir si facilement abusées, à se rendre compte des choix qu'elles font le plus souvent : il y a des hommes qui jouent si bien la comédie de l'amour ! Je n'ai jamais pu m'y faire, quoique sachant que certaines acceptent sciemment d'être trompées. D'ailleurs un amour qui remonte à l'enfance est quelque chose de sacré... Sylvie, que j'avais vue grandir, était pour moi comme une sœur. Je ne pouvais tenter une séduction... Une tout autre idée vint traverser mon esprit. « À cette heure-ci, me dis-je, je serais au théâtre... Qu'est-ce qu'Aurélie (c'était le nom de l'actrice) doit donc jouer ce soir ? Évidemment le rôle de la princesse dans le drame nouveau. Oh ! le troisième acte, qu'elle y est touchante !... Et dans la scène d'amour du second ! avec ce jeune premier tout ridé... »

« Vous êtes dans vos réflexions ? dit Sylvie, et elle se mit à chanter :

À Dammartin l'y a trois belles filles :
L'y en a z'une plus belle que le jour...

— Ah ! méchante ! m'écriai-je, vous voyez bien que vous en savez encore des vieilles chansons.

— Si vous veniez plus souvent ici, j'en retrouverais, dit-elle, mais il faut songer au solide. Vous avez vos affaires à Paris, j'ai mon travail ; ne rentrons pas trop tard : il faut que demain je sois levée avec le soleil. »

XII

Le père Dodu

J'allais répondre, j'allais tomber à ses pieds, j'allais offrir la maison de mon oncle, qu'il m'était possible encore de racheter, car nous étions plusieurs héritiers, et cette petite propriété était restée indivise ; mais en ce moment nous arrivions à Loisy. On nous attendait pour souper. La soupe à l'oignon répandait au loin son parfum patriarcal. Il y avait des voisins invités pour ce lendemain de fête. Je reconnus tout de suite un vieux bûcheron, le père Dodu, qui racontait jadis aux veillées des histoires si comiques, ou si terribles. Tour à tour berger, messager, garde-chasse, pêcheur, braconnier même, le père Dodu fabriquait à ses moments perdus des coucous et des tournebroches. Pendant longtemps il s'était consacré à promener les Anglais dans Ermenonville, en les conduisant aux lieux de méditation de Rousseau et en leur racontant ses derniers moments. C'était lui qui avait été le petit garçon que le philosophe employait à classer ses herbes, et à qui il donna l'ordre de cueillir les ciguës dont il exprima le suc dans sa tasse de café au lait. L'aubergiste de *La Croix d'Or* lui contestait ce détail ; de là des haines prolongées. On avait longtemps reproché au père Dodu la possession de quelques secrets bien innocents, comme de guérir les vaches avec un verset dit à rebours et le signe de croix figuré du pied gauche, mais il avait de bonne heure renoncé à ces superstitions, – grâce au souvenir, disait-il, des conversations de Jean-Jacques.

« Te voilà ! petit Parisien, me dit le père Dodu. Tu viens pour débaucher nos filles ? — Moi, père Dodu ? — Tu les emmènes dans les bois pendant que le loup n'y est pas ? — Père Dodu, c'est vous qui êtes le loup. — Je l'ai été tant que j'ai trouvé des brebis ; à présent je ne rencontre plus que des chèvres, et qu'elles savent bien se défendre ! Mais vous autres, vous êtes des malins à Paris. Jean-Jacques avait bien raison de dire : "L'homme se corrompt dans l'air empoisonné des villes." — Père Dodu, vous savez trop bien que l'homme se corrompt partout. »

Le père Dodu se mit à entonner un air à boire ; on voulut en vain l'arrêter à un certain couplet scabreux que tout le monde savait par cœur. Sylvie ne voulut pas chanter, malgré nos prières, disant qu'on ne chantait plus à table. J'avais remarqué déjà que l'amoureux de la veille était assis à sa gauche. Il y avait je ne sais quoi dans sa figure ronde, dans ses cheveux ébouriffés, qui ne m'était pas inconnu. Il se leva et vint derrière ma chaise en disant : « Tu ne me reconnais donc pas, Parisien ? » Une bonne femme, qui venait de rentrer au dessert, après nous avoir servis, me dit à l'oreille : « Vous ne reconnaissez pas votre frère de lait ? » Sans cet avertissement, j'allais être ridicule. « Ah ! c'est toi, *grand frisé* ! dis-je, c'est toi, le même qui m'a retiré de *l'ieau* ! » Sylvie riait aux éclats de cette reconnaissance. « Sans compter, disait ce garçon en m'embrassant, que tu avais une belle montre en argent, et qu'en revenant tu étais bien plus inquiet de ta montre que de toi-même, parce qu'elle ne marchait plus ; tu disais : "*La bête* est *nayée,* ça ne fait plus tic-tac ; qu'est-ce que mon oncle va dire ?..."

— Une bête dans une montre ! dit le père Dodu, voilà ce qu'on leur fait croire à Paris, aux enfants ! »

Sylvie avait sommeil, je jugeai que j'étais perdu dans son esprit. Elle remonta à sa chambre, et pendant que je l'embrassais, elle dit : « À demain, venez nous voir ! »

Le père Dodu était resté à table avec Sylvain et mon frère de lait ; nous causâmes longtemps autour d'un flacon de *ratafiat* de Louvres. « Les hommes sont égaux, dit le père Dodu entre deux couplets, je bois avec un pâtissier comme je le ferais avec un prince. — Où est le pâtissier ? dis-je. — Regarde à côté de toi ! un jeune homme qui a l'ambition de s'établir. »

Mon frère de lait parut embarrassé. J'avais tout compris. – C'est une fatalité qui m'était réservée d'avoir un frère de lait dans un pays illustré par Rousseau, – qui voulait supprimer les nourrices ! – Le père Dodu m'apprit qu'il était fort question du mariage de Sylvie avec le *grand frisé*, qui voulait aller former un établissement de pâtisserie à Dammartin. Je n'en demandai pas plus. La voiture de Nanteuil-le-Haudoin me ramena le lendemain à Paris.

XIII

Aurélie

À Paris ! – La voiture met cinq heures. Je n'étais pressé que d'arriver pour le soir. Vers huit heures, j'étais assis dans ma stalle accoutumée ; Aurélie répandit son inspiration et son charme sur des vers faiblement inspirés de Schiller, que l'on devait à un talent de l'époque. Dans la scène du jardin, elle devint sublime. Pendant le quatrième acte, où elle ne paraissait pas, j'allai acheter un bouquet chez madame Prévost. J'y insérai une lettre fort tendre signée : *Un inconnu*. Je me dis : Voilà quelque chose de fixé pour l'avenir, – et le lendemain j'étais sur la route d'Allemagne.

Qu'allais-je y faire ? Essayer de remettre de l'ordre dans mes sentiments. – Si j'écrivais un roman, jamais je ne pourrais faire accepter l'histoire d'un cœur épris de deux amours simultanées. Sylvie m'échappait par ma faute ; mais la revoir un jour avait suffi pour relever mon âme : je la plaçais désormais comme une statue souriante dans le temple de la Sagesse. Son regard m'avait arrêté au bord de l'abîme. – Je repoussais avec plus de force encore l'idée d'aller me présenter à Aurélie, pour lutter un instant avec tant d'amoureux vulgaires qui brillaient un instant près d'elle et retombaient brisés. — Nous verrons quelque jour, me dis-je, si cette femme a un cœur.

Un matin, je lus dans un journal qu'Aurélie était malade. Je lui écrivis des montagnes de Salzbourg. La lettre était si empreinte de mysticisme germanique que je n'en devais pas attendre un grand succès, mais aussi je ne demandais pas de réponse. Je comptais un peu sur le hasard et sur – l'*inconnu*.

Des mois se passent. À travers mes courses et mes loisirs, j'avais entrepris de fixer dans une action poétique les amours du peintre Colonna pour la belle Laura, que ses parents firent religieuse, et qu'il aima jusqu'à la mort. Quelque chose dans ce sujet se rapportait à mes préoccupations constantes. Le dernier vers du drame écrit, je ne songeai plus qu'à revenir en France.

Que dire maintenant qui ne soit l'histoire de tant d'autres ? J'ai passé par tous les cercles de ces lieux d'épreuves qu'on appelle théâtres. « J'ai mangé du tambour et bu de la cymbale », comme dit la phrase dénuée de sens apparent des initiés d'Éleusis. – Elle signifie sans doute qu'il faut au besoin passer les bornes du non-sens et de l'absurdité : la raison pour moi, c'était de conquérir et de fixer mon idéal.

Aurélie avait accepté le rôle principal dans le drame que je rapportais d'Allemagne. Je n'oublierai jamais le jour où elle me permit de lui lire la pièce. Les scènes d'amour étaient préparées à son intention. Je crois bien que je les dis avec âme, mais surtout avec enthousiasme. Dans la conversation qui suivit, je me révélai comme l'*inconnu* des deux lettres. Elle me dit : « Vous êtes bien fou ; mais revenez me voir... Je n'ai jamais pu trouver quelqu'un qui sût m'aimer. »

Ô femme ! tu cherches l'amour... Et moi, donc ?

Les jours suivants, j'écrivis les lettres les plus tendres, les plus belles que sans doute elle eût jamais reçues. J'en recevais d'elle qui étaient pleines de raison. Un instant elle fut touchée, m'appela près d'elle, et m'avoua qu'il lui était difficile de rompre un attachement plus ancien. « Si c'est bien *pour moi* que vous m'aimez, dit-elle, vous comprendrez que je ne puis être qu'à un seul. »

Deux mois plus tard, je reçus une lettre pleine d'effusion. Je courus chez elle. – Quelqu'un me donna dans l'intervalle un détail précieux. Le beau jeune homme que j'avais rencontré une nuit au cercle venait de prendre un engagement dans les spahis.

L'été suivant, il y avait des courses à Chantilly. La troupe du théâtre où jouait Aurélie donnait là une représentation. Une fois dans le pays, la troupe était pour trois jours aux ordres du régisseur. – Je m'étais fait l'ami de ce brave homme, ancien Dorante des comédies de Marivaux, longtemps jeune premier de drame, et dont le dernier succès avait été le rôle d'amoureux dans la pièce imitée de Schiller, où mon binocle me l'avait montré si ridé. De près, il paraissait plus jeune, et, resté maigre, il produisait encore de l'effet dans les provinces. Il avait du feu. J'accompagnais la troupe en qualité de *seigneur poète* ; je persuadai au régisseur d'aller donner des représentations à Senlis et à Dammartin. Il penchait d'abord pour Compiègne ; mais Aurélie fut de mon avis. Le lendemain, pendant que l'on allait traiter avec les propriétaires des salles et les autorités, je louai des chevaux, et nous prîmes la route des étangs de Commelle pour aller déjeuner au château de la reine Blanche. Aurélie, en amazone avec ses cheveux blonds flottants, traversait la forêt comme une reine d'autrefois, et les paysans s'arrêtaient éblouis. – Madame de F... était la seule qu'ils eussent vue si imposante et si gracieuse dans ses saluts. – Après le déjeuner, nous descendîmes dans des villages rappelant ceux de la Suisse, où l'eau de la Nonette fait mouvoir des scieries. Ces aspects chers à mes souvenirs l'intéressaient sans l'arrêter. J'avais projeté de conduire Aurélie au château, près d'Orry, sur la même place verte où pour la première fois j'avais vu Adrienne. – Nulle émotion ne parut en elle. Alors je lui racontai tout ; je lui dis la source de cet amour entrevu dans les nuits, rêvé plus tard, réalisé en elle. Elle m'écoutait sérieusement et me dit : « Vous ne m'aimez pas ! Vous attendez que je vous dise : La comédienne est la même que la religieuse ; vous cherchez un drame, voilà tout, et le dénouement vous échappe. Allez, je ne vous crois plus ! »

Cette parole fut un éclair. Ces enthousiasmes bizarres que j'avais ressentis si longtemps, ces rêves, ces pleurs, ces désespoirs et ces tendresses..., ce n'était donc pas l'amour ? Mais où donc est-il ?

Aurélie joua le soir à Senlis. Je crus m'apercevoir qu'elle avait un faible pour le régisseur, – le jeune premier ridé. Cet homme était de caractère excellent et lui avait rendu des services.

Aurélie m'a dit un jour : « Celui qui m'aime, le voilà ! »

XIV

DERNIER FEUILLET

Telles sont les chimères qui charment et égarent au matin de la vie. J'ai essayé de les fixer sans beaucoup d'ordre, mais bien des cœurs me comprendront. Les illusions tombent l'une après l'autre, comme les écorces d'un fruit, et le fruit, c'est l'expérience. Sa saveur est amère ; elle a pourtant quelque chose d'âcre qui fortifie, – qu'on me pardonne ce style vieilli. Rousseau dit que le spectacle de la nature console de tout. Je cherche parfois à retrouver mes bosquets de Clarens perdus au nord de Paris, dans les brumes. Tout cela est bien changé !

Ermenonville ! pays où fleurissait encore l'idylle antique, – traduite une seconde fois d'après Gessner ! tu as perdu ta seule étoile, qui chatoyait pour moi d'un double éclat. Tour à tour bleue et rose comme l'astre trompeur d'Aldebaran, c'était Adrienne ou Sylvie, – c'étaient les deux moitiés d'un seul amour. L'une était l'idéal sublime, l'autre la douce réalité. Que me font maintenant tes ombrages et tes lacs, et même ton désert ? Othys, Montagny, Loisy, pauvres hameaux voisins, Châalis, – que l'on restaure, – vous n'avez rien gardé de tout ce passé ! Quelquefois j'ai besoin de revoir ces lieux de solitude et de rêverie. J'y relève tristement en moi-même les traces fugitives d'une époque où le naturel était affecté ; je souris parfois en lisant sur le flanc des granits certains vers de Roucher, qui m'avaient paru sublimes, – ou des maximes de bienfaisance au-dessus d'une fontaine ou d'une grotte consacrée à Pan. Les étangs, creusés à si grands frais, étalent en vain leur eau morte que le cygne dédaigne. Il n'est plus, le temps où les chasses de Condé passaient avec leurs amazones fières, où les cors se répondaient de loin, multipliés par les échos !... Pour se rendre à Ermenonville, on ne trouve plus aujourd'hui de route directe. Quelquefois j'y vais par Creil et Senlis, d'autres fois par Dammartin.

À Dammartin, l'on n'arrive jamais que le soir. Je vais coucher alors à *L'Image Saint-Jean*. On me donne d'ordinaire une chambre assez propre tendue en vieille tapisserie avec un trumeau au-dessus de la glace. Cette chambre est un dernier retour vers le bric-à-brac, auquel j'ai depuis longtemps renoncé. On y dort chaudement sous l'édredon, qui est d'usage dans ce pays. Le matin, quand j'ouvre la fenêtre, encadrée de vigne et de roses, je découvre avec ravissement un horizon vert de dix lieues, où les peupliers s'alignent comme des armées. Quelques villages s'abritent çà et là sous leurs clochers aigus, construits, comme on dit là, en pointes d'ossements. On distingue d'abord Othys, – puis Ève, puis Ver ; on distinguerait Ermenonville à travers le bois s'il avait un clocher, – mais dans ce lieu philosophique on a bien négligé l'église. Après avoir rempli mes poumons de l'air si pur qu'on respire sur ces plateaux, je descends gaiement et je vais faire un tour chez le pâtissier. « Te voilà, grand frisé ! – Te voilà, petit Parisien ! » Nous nous donnons les coups de poing amicaux de l'enfance, puis je gravis un certain escalier où les joyeux cris de deux enfants accueillent ma venue. Le sourire athénien de Sylvie illumine ses traits charmés. Je me dis : « Là était le bonheur peut-être ; cependant... »

Je l'appelle quelquefois Lolotte, et elle me trouve un peu de ressemblance avec Werther, moins les pistolets, qui ne sont plus de mode. Pendant que le *grand frisé* s'occupe du déjeuner, nous allons promener les enfants dans les allées de tilleuls qui ceignent les débris des vieilles tours de brique du château. Tandis que ces petits s'exercent, au tir des compagnons de l'arc, à ficher dans la paille les flèches paternelles, nous lisons quelques poésies ou quelques pages de ces livres si courts qu'on ne fait plus guère.

J'oubliais de dire que le jour où la troupe dont faisait partie Aurélie a donné une représentation à Dammartin, j'ai conduit Sylvie au spectacle, et je lui ai demandé si elle ne trouvait pas que l'actrice ressemblait à une personne qu'elle avait connue déjà. « À qui donc ? — Vous souvenez-vous d'Adrienne ? »

Elle partit d'un grand éclat de rire en disant : « Quelle idée ! » Puis, comme se le reprochant, elle reprit en soupirant : « Pauvre Adrienne ! elle est morte au couvent de Saint-S..., vers 1832. »

Les chimères

El desdichado

Je suis le ténébreux, – le veuf, – l'inconsolé,
Le prince d'Aquitaine à la tour abolie :
Ma seule *étoile* est morte, – et mon luth constellé
Porte le *Soleil* noir de la *Mélancolie*.

Dans la nuit du tombeau, toi qui m'as consolé,
Rends-moi le Pausilippe et la mer d'Italie,
La *fleur* qui plaisait tant à mon cœur désolé,
Et la treille où le pampre à la rose s'allie.

Suis-je Amour ou Phébus ?... Lusignan ou Biron ?
Mon front est rouge encor du baiser de la reine ;
J'ai rêvé dans la grotte où nage la syrène...

Et j'ai deux fois vainqueur traversé l'Achéron :
Modulant tour à tour sur la lyre d'Orphée
Les soupirs de la sainte et les cris de la fée.

Myrtho

Je pense à toi, Myrtho, divine enchanteresse,
Au Pausilippe altier, de mille feux brillant,
À ton front inondé des clartés d'Orient,
Aux raisins noirs mêlés avec l'or de ta tresse.

C'est dans ta coupe aussi que j'avais bu l'ivresse,
Et dans l'éclair furtif de ton œil souriant,
Quand aux pieds d'Iacchus on me voyait priant,
Car la Muse m'a fait l'un des fils de la Grèce.

Je sais pourquoi là-bas le volcan s'est rouvert...
C'est qu'hier tu l'avais touché d'un pied agile,
Et de cendres soudain l'horizon s'est couvert.

Depuis qu'un duc normand brisa tes dieux d'argile,
Toujours, sous les rameaux du laurier de Virgile,
Le pâle Hortensia s'unit au Myrte vert !

HORUS

Le dieu Kneph en tremblant ébranlait l'univers :
Isis, la mère, alors se leva sur sa couche,
Fit un geste de haine à son époux farouche,
Et l'ardeur d'autrefois brilla dans ses yeux verts.

« Le voyez-vous, dit-elle, il meurt, ce vieux pervers,
Tous les frimas du monde ont passé par sa bouche,
Attachez son pied tors, éteignez son œil louche,
C'est le dieu des volcans et le roi des hivers !

« L'aigle a déjà passé, l'esprit nouveau m'appelle,
J'ai revêtu pour lui la robe de Cybèle...
C'est l'enfant bien-aimé d'Hermès et d'Osiris ! »

La déesse avait fui sur sa conque dorée,
La mer nous renvoyait son image adorée,
Et les cieux rayonnaient sous l'écharpe d'Iris.

ANTÉROS

Tu demandes pourquoi j'ai tant de rage au cœur
Et sur un col flexible une tête indomptée ;
C'est que je suis issu de la race d'Antée,
Je retourne les dards contre le dieu vainqueur.

Oui, je suis de ceux-là qu'inspire le Vengeur,
Il m'a marqué le front de sa lèvre irritée,
Sous la pâleur d'Abel, hélas ! ensanglantée,
J'ai parfois de Caïn l'implacable rougeur !

Jéhovah ! le dernier, vaincu par ton génie,
Qui, du fond des enfers, criait : « Ô tyrannie ! »
C'est mon aïeul Bélus ou mon père Dagon...

Ils m'ont plongé trois fois dans les eaux du Cocyte,
Et, protégeant tout seul ma mère Amalécyte,
Je ressème à ses pieds les dents du vieux dragon.

Delfica

La connais-tu, Dafné, cette ancienne romance,
Au pied du sycomore, ou sous les lauriers blancs,
Sous l'olivier, le myrthe, ou les saules tremblants,
Cette chanson d'amour... qui toujours recommence ?

Reconnais-tu le Temple, au péristyle immense,
Et les citrons amers où s'imprimaient tes dents ?
Et la grotte, fatale aux hôtes imprudents,
Où du dragon vaincu dort l'antique semence.

Ils reviendront ces dieux que tu pleures toujours !
Le temps va ramener l'ordre des anciens jours ;
La terre a tressailli d'un souffle prophétique...

Cependant la sibylle au visage latin
Est endormie encor sous l'arc de Constantin
– Et rien n'a dérangé le sévère portique.

Artémis

La Treizième revient... C'est encor la première ;
Et c'est toujours la seule, – ou c'est le seul moment ;
Car es-tu reine, ô toi ! la première ou dernière ?
Es-tu roi, toi le seul ou le dernier amant ?...

Aimez qui vous aima du berceau dans la bière ;
Celle que j'aimai seul m'aime encor tendrement :
C'est la mort – ou la morte... Ô délice ! ô tourment !
La rose qu'elle tient, c'est la *Rose trémière*.

Sainte napolitaine aux mains pleines de feux,
Rose au cœur violet, fleur de sainte Gudule :
As-tu trouvé ta croix dans le désert des cieux ?

Roses blanches, tombez ! vous insultez nos dieux,
Tombez, fantômes blancs, de votre ciel qui brûle :
– La sainte de l'abîme est plus sainte à mes yeux !

LE CHRIST AUX OLIVIERS

Dieu est mort ! le ciel est vide...
Pleurez ! enfants, vous n'avez plus de père.

JEAN PAUL

I

Quand le Seigneur, levant au ciel ses maigres bras,
Sous les arbres sacrés, comme font les poëtes,
Se fut longtemps perdu dans ses douleurs muettes,
Et se jugea trahi par des amis ingrats,

Il se tourna vers ceux qui l'attendaient en bas
Rêvant d'être des rois, des sages, des prophètes...
Mais engourdis, perdus dans le sommeil des bêtes,
Et se prit à crier : « Non, Dieu n'existe pas ! »

Ils dormaient. « Mes amis, savez-vous *la nouvelle* ?
J'ai touché de mon front à la voûte éternelle ;
Je suis sanglant, brisé, souffrant pour bien des jours !

Frères, je vous trompais : Abîme ! abîme ! abîme !
Le dieu manque à l'autel où je suis la victime...
Dieu n'est pas ! Dieu n'est plus ! » Mais ils dormaient
[toujours !

II

Il reprit : « Tout est mort ! J'ai parcouru les mondes ;
Et j'ai perdu mon vol dans leurs chemins lactés,
Aussi loin que la vie, en ses veines fécondes,
Répand des sables d'or et des flots argentés :

Partout le sol désert côtoyé par des ondes,
Des tourbillons confus d'océans agités...
Un souffle vague émeut les sphères vagabondes,
Mais nul esprit n'existe en ces immensités.

En cherchant l'œil de Dieu, je n'ai vu qu'un orbite
Vaste, noir et sans fond, d'où la nuit qui l'habite
Rayonne sur le monde et s'épaissit toujours ;

Un arc-en-ciel étrange entoure ce puits sombre,
Seuil de l'ancien chaos dont le néant est l'ombre,
Spirale engloutissant les Mondes et les Jours !

III

« Immobile Destin, muette sentinelle,
Froide Nécessité... Hasard qui t'avançant
Parmi les mondes morts sous la neige éternelle,
Refroidis, par degrés, l'univers pâlissant,

Sais-tu ce que tu fais, puissance originelle,
De tes soleils éteints, l'un l'autre se froissant...
Es-tu sûr de transmettre une haleine immortelle,
Entre un monde qui meurt et l'autre renaissant ?...

Ô mon père ! est-ce toi que je sens en moi-même ?
As-tu pouvoir de vivre et de vaincre la mort ?
Aurais-tu succombé sous un dernier effort

De cet ange des nuits que frappa l'anathème ?...
Car je me sens tout seul à pleurer et souffrir,
Hélas ! et, si je meurs, c'est que tout va mourir ! »

IV

Nul n'entendait gémir l'éternelle victime,
Livrant au monde en vain tout son cœur épanché ;
Mais prêt à défaillir et sans force penché,
Il appela le *seul* – éveillé dans Solyme :

« Judas ! lui cria-t-il, tu sais ce qu'on m'estime,
Hâte-toi de me vendre, et finis ce marché :
Je suis souffrant, ami ! sur la terre couché...
Viens ! ô toi qui, du moins, as la force du crime ! »

Mais Judas s'en allait, mécontent et pensif,
Se trouvant mal payé, plein d'un remords si vif
Qu'il lisait ses noirceurs sur tous les murs écrites...

Enfin Pilate seul, qui veillait pour César,
Sentant quelque pitié, se tourna par hasard :
« Allez chercher ce fou ! » dit-il aux satellites.

V

C'était bien lui, ce fou, cet insensé sublime...
Cet Icare oublié qui remontait les cieux,
Ce Phaéton perdu sous la foudre des dieux,
Cet bel Atys meurtri que Cybèle ranime !

L'augure interrogeait le flanc de la victime,
La terre s'enivrait de ce sang précieux...
L'univers étourdi penchait sur ses essieux,
Et l'Olympe un instant chancela vers l'abîme.

« Réponds ! criait César à Jupiter Ammon,
Quel est ce nouveau dieu qu'on impose à la terre ?
Et si ce n'est un dieu, c'est au moins un démon... »

Mais l'oracle invoqué pour jamais dut se taire ;
Un seul pouvait au monde expliquer ce mystère :
– Celui qui donna l'âme aux enfants du limon.

Vers dorés

Eh quoi ! tout est sensible.

Pythagore

Homme, libre penseur ! te crois-tu seul pensant
Dans ce monde où la vie éclate en toute chose ?
Des forces que tu tiens ta liberté dispose,
Mais de tous tes conseils l'univers est absent.

Respecte dans la bête un esprit agissant :
Chaque fleur est une âme à la Nature éclose ;
Un mystère d'amour dans le métal repose ;
« Tout est sensible ! » Et tout sur ton être est puissant.

Crains, dans le mur aveugle, un regard qui t'épie ;
À la matière même un verbe est attaché...
Ne la fais pas servir à quelque usage impie !

Souvent dans l'être obscur habite un Dieu caché ;
Et comme un œil naissant couvert par ses paupières,
Un pur esprit s'accroît sous l'écorce des pierres !

Odelettes

NOBLES ET VALETS

Ces nobles d'autrefois dont parlent les romans,
Ces preux à fronts de bœuf, à figures dantesques,
Dont les corps charpentés d'ossements gigantesques
Semblaient avoir au sol racine et fondements ;

S'ils revenaient au monde, et qu'il leur prît l'idée
De voir les héritiers de leurs noms immortels,
Race de Laridons, encombrant les hôtels
Des ministres, – rampante, avide et dégradée ;

Êtres grêles, à buscs, plastrons et faux mollets : –
Certes ils comprendraient alors, ces nobles hommes,
Que, depuis les vieux temps, au sang des gentilhommes
Leurs filles ont mêlé bien du sang de valets !

Publié en 1832

Le réveil en voiture

Voici ce que je vis : Les arbres sur ma route
Fuyaient mêlés, ainsi qu'une armée en déroute,
Et sous moi, comme ému par les vents soulevés,
Le sol roulait des flots de glèbe et de pavés !

Des clochers conduisaient parmi les plaines vertes
Leurs hameaux aux maisons de plâtre, recouvertes
En tuiles, qui trottaient ainsi que des troupeaux
De moutons blancs, marqués en rouge sur le dos !

Et les monts enivrés chancelaient, – la rivière
Comme un serpent boa, sur la vallée entière
Étendu, s'élançait pour les entortiller...
– J'étais en poste moi, venant de m'éveiller !

Id.

LE RELAIS

En voyage, on s'arrête, on descend de voiture ;
Puis entre deux maisons on passe à l'aventure,
Des chevaux, de la route et des fouets étourdi,
L'œil fatigué de voir et le corps engourdi.

Et voici tout à coup, silencieuse et verte,
Une vallée humide et de lilas couverte,
Un ruisseau qui murmure entre les peupliers, –
Et la route et le bruit sont bien vite oubliés !

On se couche dans l'herbe et l'on s'écoute vivre,
De l'odeur du foin vert à loisir on s'enivre,
Et sans penser à rien on regarde les cieux...
Hélas ! une voix crie : « En voiture, messieurs ! »

Id.

Une allée du Luxembourg

Elle a passé, la jeune fille
Vive et preste comme un oiseau :
À la main une fleur qui brille,
À la bouche un refrain nouveau.

C'est peut-être la seule au monde
Dont le cœur au mien répondrait,
Qui venant dans ma nuit profonde
D'un seul regard l'éclaircirait !

Mais non, – ma jeunesse est finie...
Adieu, doux rayon qui m'as lui, –
Parfum, jeune fille, harmonie...
Le bonheur passait, – il a fui !

Id.

NOTRE-DAME DE PARIS

Notre-Dame est bien vieille : on la verra peut-être
Enterrer cependant Paris qu'elle a vu naître ;
Mais, dans quelque mille ans, le Temps fera broncher
Comme un loup fait un bœuf, cette carcasse lourde,
Tordra ses nerfs de fer, et puis d'une dent sourde
Rongera tristement ses vieux os de rocher !

Bien des hommes, de tous les pays de la terre,
Viendront, pour contempler cette ruine austère,
Rêveurs, et relisant le livre de Victor : –
Alors, ils croiront voir la vieille basilique,
Toute ainsi qu'elle était, puissante et magnifique,
Se lever devant eux comme l'ombre d'un mort !

Id.

Dans les bois !

Au printemps l'Oiseau naît et chante :
N'avez-vous pas ouï sa voix ?...
Elle est pure, simple et touchante,
La voix de l'Oiseau – dans les bois !

L'été, l'Oiseau cherche l'Oiselle ;
Il aime – et n'aime qu'une fois !
Qu'il est doux, paisible et fidèle,
Le nid de l'Oiseau – dans les bois !

Puis quand vient l'automne brumeuse,
Il se tait... avant les temps froids.
Hélas ! qu'elle doit être heureuse
La mort de l'Oiseau – dans les bois.

Publié en 1835

LE COUCHER DU SOLEIL

Quand le Soleil du soir parcourt les Tuileries
Et jette l'incendie aux vitres du château ;
Je suis la Grande Allée et ses deux pièces d'eau
    Tout plongé dans mes rêveries !

Et de là, mes amis, c'est un coup d'œil fort beau
De voir, lorsqu'à l'entour la nuit répand son voile
Le coucher du soleil, – riche et mouvant tableau
    Encadré dans l'Arc de l'Étoile !

Avril

Déjà les beaux jours, – la poussière,
Un ciel d'azur et de lumière,
Les murs enflammés, les longs soirs ; –
Et rien de vert : – à peine encore
Un reflet rougeâtre décore
Les grands arbres aux rameaux noirs !

Ce beau temps me pèse et m'ennuie.
– Ce n'est qu'après des jours de pluie
Que doit surgir, en un tableau,
Le printemps verdissant et rose,
Comme une nymphe fraîche éclose,
Qui, souriante, sort de l'eau.

Publié en 1835

FANTAISIE

Il est un air pour qui je donnerais
Tout Rossini, tout Mozart et tout Weber,
Un air très vieux, languissant et funèbre,
Qui pour moi seul a des charmes secrets !

Or, chaque fois que je viens à l'entendre,
De deux cents ans mon âme rajeunit...
C'est sous Louis treize ; et je crois voir s'étendre
Un coteau vert, que le couchant jaunit.

Puis un château de brique à coins de pierre,
Aux vitraux teints de rougeâtres couleurs,
Ceint de grands parcs, avec une rivière
Baignant ses pieds, qui coule entre des fleurs ;

Puis une dame, à sa haute fenêtre,
Blonde aux yeux noirs, en ses habits anciens,
Que, dans une autre existence peut-être,
J'ai déjà vue... et dont je me souviens !

Publié dans les Annales romantiques *en 1832*

Gaieté

Petit *piqueton* de Mareuil,
Plus clairet qu'un vin d'Argenteuil,
Que ta saveur est souveraine !
Les Romains ne t'ont pas compris
Lorsqu'habitant l'ancien Paris
Ils te préféraient le Surène.

Ta liqueur rose, ô joli vin !
Semble faite du sang divin
De quelque nymphe bocagère ;
Tu perles au bord désiré
D'un verre à côtes, coloré
Par les teintes de la fougère.

Tu me guéris pendant l'été
De la soif qu'un vin plus vanté
M'avait laissé depuis la veille ;
Ton goût suret, mais doux aussi,
Happant mon palais épaissi,
Me rafraîchit quand je m'éveille.

Eh quoi ! si gai dès le matin,
Je foule d'un pied incertain
Le sentier où verdit ton pampre !...
– Et je n'ai pas de Richelet
Pour finir ce docte couplet...
Et trouver une rime en ampre.

Publié dans les Petits Châteaux de Bohême *en 1852*

La Grand'mère

Voici trois ans qu'est morte ma grand'mère,
– La bonne femme, – et, quand on l'enterra,
Parents, amis, tout le monde pleura
D'une douleur bien vraie et bien amère.

Moi seul j'errais dans la maison, surpris
Plus que chagrin ; et, comme j'étais proche
De son cercueil, – quelqu'un me fit reproche
De voir cela sans larmes et sans cris.

Douleur bruyante et bien vite passée ;
Depuis trois ans, d'autres émotions,
Des biens, des maux, – des révolutions, –
Ont dans les cœurs sa mémoire effacée.

Moi seul j'y songe, et la pleure souvent ;
Depuis trois ans, par le temps prenant force,
Ainsi qu'un nom gravé dans une écorce,
Son souvenir se creuse plus avant !

La cousine

L'hiver a ses plaisirs ; et souvent le dimanche,
Quand un peu de soleil jaunit la terre blanche,
Avec une cousine on sort se promener...
— Et ne vous faites pas attendre pour dîner,

Dit la mère. Et quand on a bien, aux Tuileries,
Vu sous les arbres noirs les toilettes fleuries,
La jeune fille a froid... et vous fait observer
Que le brouillard du soir commence à se lever.

Et l'on revient, parlant du beau jour qu'on regrette,
Qui s'est passé si vite... et de flamme discrète :
Et l'on sent en rentrant, avec grand appétit,
Du bas de l'escalier, – le dindon qui rôtit.

Publié dans les Annales romantiques *en 1835*

Pensée de Byron

Élégie

Par mon amour et ma constance,
J'avais cru fléchir ta rigueur,
Et le souffle de l'espérance
Avait pénétré dans mon cœur ;
Mais le temps, qu'en vain je prolonge,
M'a découvert la vérité,
L'espérance a fui comme un songe...
Et mon amour seul m'est resté !

Il est resté comme un abîme
Entre ma vie et le bonheur,
Comme un mal dont je suis victime,
Comme un poids jeté sur mon cœur !
Pour fuir le piège où je succombe,
Mes efforts seraient superflus ;
Car l'homme a le pied dans la tombe,
Quand l'espoir ne le soutient plus.

J'aimais à réveiller la lyre,
Et souvent, plein de doux transports,
J'osais, ému par le délire,
En tirer de tendres accords.
Que de fois, en versant des larmes,
J'ai chanté tes divins attraits !
Mes accents étaient pleins de charmes,
Car c'est toi qui les inspirais.

Ce temps n'est plus, et le délire
Ne vient plus animer ma voix ;
Je ne trouve point à ma lyre
Les sons qu'elle avait autrefois.
Dans le chagrin qui me dévore,
Je vois mes beaux jours s'envoler ;
Si mon œil étincelle encore,
C'est qu'une larme va couler !

Brisons la coupe de la vie ;
Sa liqueur n'est que du poison ;
Elle plaisait à ma folie,
Mais elle enivrait ma raison.
Trop longtemps épris d'un vain songe,
Gloire ! amour ! vous eûtes mon cœur :
Ô Gloire ! tu n'es qu'un mensonge ;
Amour ! tu n'es point le bonheur !

Publié en les Élégies nationales *en 1827*

Politique
(1832)

Dans Sainte-Pélagie,
Sous ce règne élargie,
Où, rêveur et pensif,
  Je vis captif,

Pas une herbe ne pousse
Et pas un brin de mousse
Le long des murs grillés
  Et frais taillés !

Oiseau qui fends l'espace...
Et toi, brise, qui passe
Sur l'étroit horizon
  De la prison,

Dans votre vol superbe,
Apportez-moi quelque herbe,
Quelque gramen, mouvant
  Sa tête au vent !

Qu'à mes pieds tourbillonne
Une feuille d'automne
Peinte de cent couleurs
  Comme les fleurs !

Pour que mon âme triste
Sache encor qu'il existe
Une nature, un Dieu
   Dehors ce lieu,

Faites-moi cette joie,
Qu'un instant je revoie
Quelque chose de vert
   Avant l'hiver !

Publié en 1831 sous le titre : « Cour de prison »

LES PAPILLONS

I

De toutes les belles choses
Qui nous manquent en hiver,
Qu'aimez-vous mieux ? – Moi, les roses ;
— Moi, l'aspect d'un beau pré vert ;
— Moi, la moisson blondissante,
Chevelure des sillons ;
— Moi, le rossignol qui chante ;
— Et moi, les beaux papillons !

Le papillon, fleur sans tige,
        Qui voltige,
Que l'on cueille en un réseau ;
Dans la nature infinie,
        Harmonie
Entre la plante et l'oiseau !...

Quand revient l'été superbe,
Je m'en vais au bois tout seul :
Je m'étends dans la grande herbe,
Perdu dans ce vert linceul.
Sur ma tête renversée,
Là, chacun d'eux à son tour,
Passe comme une pensée
De poésie ou d'amour !

Voici le papillon *faune*,
Noir et jaune ;
Voici le *mars* azuré,
Agitant des étincelles
Sur ses ailes
D'un velours riche et moiré.

Voici le *vulcain* rapide,
Qui vole comme un oiseau :
Son aile noire et splendide
Porte un grand ruban ponceau.
Dieux ! le *soufré*, dans l'espace,
Comme un éclair a relui...
Mais le joyeux *nacré* passe,
Et je ne vois plus que lui !

II

Comme un éventail de soie,
Il déploie
Son manteau semé d'argent ;
Et sa robe bigarrée
Est dorée
D'un or verdâtre et changeant.

Voici le *machaon-zèbre*,
De fauve et de noir rayé ;
Le *deuil*, en habit funèbre,
Et le *miroir* bleu strié ;
Voici l'*argus*, feuille-morte,
Le *morio*, le *grand-bleu*,
Et le *paon-de-jour* qui porte
Sur chaque aile un œil de feu !

Mais le soir brunit nos plaines ;
Les *phalènes*

Prennent leur essor bruyant,
Et les *sphinx* aux couleurs sombres,
        Dans les ombres
Voltigent en tournoyant.

C'est le *grand'paon* à l'œil rose
Dessiné sur un fond gris,
Qui ne vole qu'à nuit close,
Comme les chauves-souris ;
Le *bombice* du troëne,
Rayé de jaune et de vert,
Et le *papillon du chêne*
Qui ne meurt pas en hiver !...

Voici le *sphinx* à la tête
        De squelette,
Peinte en blanc sur un fond noir,
Que le villageois redoute,
        Sur sa route,
De voir voltiger le soir.

Je hais aussi les *phalènes*,
Sombres hôtes de la nuit,
Qui voltigent dans nos plaines
De sept heures à minuit ;
Mais vous, papillons que j'aime,
Légers papillons de jour,
Tout en vous est un emblème
De poésie et d'amour !

III

Malheur, papillons que j'aime,
        Doux emblème,
À vous pour votre beauté !...
Un doigt, de votre corsage,

Au passage,
Froisse, hélas ! le velouté !...

Une toute jeune fille
Au cœur tendre, au doux souris,
Perçant vos cœurs d'une aiguille,
Vous contemple, l'œil surpris :
Et vos pattes sont coupées
Par l'ongle blanc qui les mord,
Et vos antennes crispées
Dans les douleurs de la mort !...

Publication par fragments dès 1831

LE POINT NOIR

Quiconque a regardé le soleil fixement
Croit voir devant ses yeux voler obstinément
Autour de lui, dans l'air, une tache livide.

Ainsi, tout jeune encore et plus audacieux,
Sur la gloire un instant j'osai fixer les yeux :
Un point noir est resté dans mon regard avide.

Depuis, mêlée à tout comme un signe de deuil,
Partout, sur quelque endroit que s'arrête mon œil,
Je la vois se poser aussi, la tache noire ! –

Quoi toujours ? Entre moi sans cesse et le bonheur !
Oh ! c'est que l'aigle seul – malheur à nous, malheur !
Contemple impunément le Soleil et la Gloire.

Publié en 1831 sous le titre « le Soleil et la Gloire »

Ni bonjour ni bonsoir

Sur un air grec

Νή χαλιμέρα, νὴ ὥρα χαλή.

Le matin n'est plus ! le soir pas encore :
Pourtant de nos yeux l'éclair a pâli !

Νή χαλιμέρα, νὴ ὥρα χαλή.

Mais le soir vermeil ressemble à l'aurore,
Et la nuit plus tard amène l'oubli !

Publié à l'origine en 1846
puis repris dans le Voyage en orient *(1851)*

LES CYDALISES

Où sont nos amoureuses ?
Elles sont au tombeau :
Elles sont plus heureuses,
Dans un séjour plus beau !

Elles sont près des anges,
Dans le fond du ciel bleu,
Et chantent les louanges
De la mère de Dieu !

Ô blanche fiancée !
Ô jeune vierge en fleur !
Amante délaissée,
Que flétrit la douleur !

L'éternité profonde
Souriait dans vos yeux...
Flambeaux éteints du monde,
Rallumez-vous aux cieux !

Publié dans les Petits Châteaux de Bohême

TABLE DES MATIÈRES

Librio

436

Achevé d'imprimer en Italie par Grafica Veneta
en janvier 2012 pour le compte de E.J.L.
87, quai Panhard-et-Levassor, 75013 Paris
1er dépôt légal dans la collection janvier 2001
EAN 9782290352021

Diffusion France et étranger : Flammarion